Cinco razones por las que te encantará Isadora Moon:

¡Conocerás a la vamp-tástica y encant-hadora Isadora!

Su peluche, Pinky, ¡ha cobrado vida por arte de magia!

¿Adónde te gustaría ir de excursión con tu colegio?

¡Tiene una familia muy loca!

Te hechizarán sus ilustraciones en rosa y negro

¿Adónde te gustaría ir de excursión con tu colegio?

A un mundo donde no haya gravedad, para poder volar. Quiero ver hámsteres flotantes.
(Ellen)

A un bosque mágico con piscina mágica.
(Marta)

Me encantaría ir a Caramelandia,
encima de las nubes.
(Esperanza)

A Davidlandia, donde todos
se llaman David.
(Óscar)

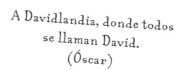

A la ciudad de Isadora. ¡Quiero
ver su casa y su colegio!
(Abigail)

A un museo donde puedas
elegir tu propia mascota
misteriosa.
(Brittany)

Mi familia

Mi madre,
la condesa Cordelia
Moon

Bebé Flor de Miel

Mi padre,
el conde Bartolomeo
Moon

¡Yo!
Isadora Moon

Pinky

¡Para los vampiros, hadas y humanos de todas partes!
Y para mi pequeño bebé Flor de Miel, Celestine Stardust.

Primera edición: octubre de 2017
Quinta reimpresión: febrero de 2018
Título original: *Isadora Moon Goes on a School Trip*

Publicado originalmente en inglés en 2017.
Edición en castellano publicada por acuerdo con Oxford University Press.
© 2017, Harriet Muncaster
© 2017, Harriet Muncaster, por las ilustraciones
© 2017, Penguin Random House Grupo Editorial, S.A.U.
Travessera de Gràcia, 47-49. 08021 Barcelona
© 2017, Vanesa Pérez-Sauquillo, por la traducción

Printed in Spain – Impreso en España

ISBN: 978-84-204-8633-8
Depósito legal: B-14.547-2017

Compuesto por Javier Barbado
Impreso en Huertas Industrias Gráficas, S.A. Fuenlabrada (Madrid)

AL 86338

Penguin
Random House
Grupo Editorial

en el castillo encantado

Harriet Muncaster

Traducción de Vanesa Pérez-Sauquillo

ALFAGUARA

Capítulo UNO

Isadora Moon, ¡esa soy yo! Y este es Pinky.
Viene conmigo a todas partes. ¡Incluso a
las excursiones del colegio! Yo solo había
ido una vez a una de estas excursiones
(fuimos a un espectáculo de
ballet), así que me hizo mucha
ilusión que nuestra profesora,

la señorita Guinda, anunciara que íbamos
a hacer otra… ¡dentro de una semana!

—¡Qué maravilla! —dijo mamá
cuando llevé a casa la carta para
enseñársela—. ¡Un castillo! Será muy
interesante. ¿Quieres que papá y yo
vayamos como voluntarios otra vez?

—Ehh… —titubeé, indecisa.

Mamá y papá habían sido voluntarios en la última excursión que hice y había salido todo bien (bueno, casi todo), pero siempre dudo un poco cuando se ofrecen para echar una mano. Es que mi mamá es un hada y mi papá, un vampiro (por cierto, eso hace que yo sea un hada vampiro). No se parecen demasiado a los demás padres y a veces me da un poco de vergüenza.

—Sí que podéis —dije—, si de verdad os apetece. Aunque la señorita Guinda dijo que esta vez solo hace falta un voluntario. Así que solo podría venir uno de vosotros.

—Ah… —dijo mamá, un poco decepcionada—. Qué pena. Entonces,

mejor que lleves a tu padre. ¡Ya sabes cuánto le gustan los castillos antiguos!

—¡Y tanto! —asintió papá, que estaba haciendo saltar en sus rodillas a mi hermanita bebé Flor de Miel—. ¡Me encantaría ir!

Sacó una pluma de debajo de su capa y firmó rápidamente la carta.

Queridos padres:

Excursión: Museo del castillo
Fecha: 20 de octubre
Hora: 9:00

Por favor, firmar para autorizar la asistencia a la excursión.
Agradeceríamos madres o padres voluntarios para acompañar a la clase.

....

Firmado: Conde Bartolomeo Moon

—Espero que me hagan llevar otra vez uno de esos chalecos tan llamativos y modernos —añadió—. El mío me daba un aspecto impresionante.

—Sí —asintió mamá—. Estabas muy guapo con él. Eran maravillosamente brillantes, ¿verdad? Creo que hay una palabra para eso: «fluorescente».

—¡Fluorescente! —repitió papá—. ¡Me encanta esa palabra! —me devolvió la carta—. ¡Qué ganas tengo de que llegue la excursión! —dijo—. Me apasionan los castillos antiguos. ¿Estará encantado? ¡Ojalá!

—No lo sé —respondí—. Tendré que preguntarle a la señorita Guinda.

13

—¿Encantado? —exclamó la señorita Guinda sorprendida cuando le hice la pregunta al día siguiente en el colegio—. ¡Por supuesto que el castillo no está encantado! ¡No tienes que asustarte por eso!

—No estoy asustada —dije—, es solo que…

—¿Encantado? —preguntó mi amiga Zoe detrás de mí—. ¿Has dicho que el castillo estaba encantado, Isadora?

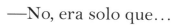

—No, era solo que…

—¡Está encantado! —gritó con fuerza Zoe, tapándose la boca con asombro—. ¡Madre mía!

—¡Horror! —chilló Samantha, con los ojos abiertos como platos—. ¡Me dan miedo los fantasmas!

—¡A todo el mundo le dan miedo los fantasmas! —dijo Bruno.

—¡El castillo está encantado! —gritó Jasper.

Pronto hubo un alboroto por toda la clase. A Samantha se le puso la cara blanca del susto.

—¡Venga, tranquilizaos todos! —dijo la señorita Guinda levantando la voz—. ¡El castillo NO está encantado!

—Pero ¿y si lo está? —chilló Samantha.

—No lo está —suspiró la profesora, mirando al cielo con resignación.

Pero nadie la escuchaba. La idea de que el castillo estuviera encantado estaba ya plantada firmemente en todas las cabezas.

—Apuesto a que el fantasma ronda los pasillos, lamentándose y gimiendo —dijo Zoe.

—Yo digo que tiene ojos rojos, que brillan en la oscuridad, y los dientes muy afilados —dijo Sashi con un escalofrío.

—Yo, que come niños para desayunar. —dijo Bruno.

—¡Ay, que alguien nos ayude! —exclamó Samantha, temblando y tragando saliva.

—A ver, papá —dije la noche antes de la excursión—, yo sé que eres un vampiro, pero tienes que hacer algo para no

quedarte dormido mañana.
Debemos estar en el colegio a
las nueve para coger el autocar.

—¡Un autocar! —repitió papá—. ¡Qué
emocionante! Nunca he montado en una
cosa de esas. No te preocupes, Isadora.
Seguro que estaré preparado. Pienso poner
cinco alarmas tremendamente ruidosas. La
primera sonará a las cinco de la mañana. Eso
me dará más o menos dos horas y media
para arreglarme el pelo. Es un poco ajustado,
lo sé, pero no me queda más remedio.

—¡Genial! —dije—. Gracias, papá.

—¡Uy, uy, uy…! —exclamó mamá—.
¡Cinco alarmas! ¡Tendré que hacer que
aparezcan tapones especiales para mí!

—No te preocupes, mamá —dije—.
Puedes dormir en mi cuarto esta noche.
¡Podemos montar la cama hinchable!
¡Y tostar nubes de caramelo en la hoguera
como cuando nos fuimos de excursión!

Mamá se rio.

—Eres un cielo, Isadora —contestó—.
Pero no me molestan las alarmas, de verdad.
A veces es bonito despertarse al alba.

La naturaleza está muy hermosa en ese momento.

—Bueno… —dije, un poco decepcionada—. Pero ¿podemos tostar nubes, de todas formas? Podríamos tomarlas de postre esta noche.

—¡Buena idea! —respondió mamá, echando un vistazo por la ventana al tiempo lluvioso que hacía—. ¡Me gusta tanto salir a mojarme bajo la lluvia fresca y brillante…!

—Es que… —empezó a decir papá.

—Haré que aparezca un refugio con mi varita mágica —mamá continuó—. Así la lluvia no apagará la hoguera.

Papá parecía preocupado. La lluvia le destroza su pelo perfecto de vampiro.

—¿Y si tostamos las nubes dentro? —propuso—. ¿En la cocina?

—¡Oh, no! —dijo mamá horrorizada—. ¡Nos perderíamos este tiempo tan maravilloso!

Papá y yo contemplamos por la ventana cómo se iba oscureciendo el cielo mientras mamá preparaba todo para la hoguera. Llovía a cántaros.

—Espero que mañana esté despejado cuando salgamos de excursión —comentó papá—. Si no, nos vamos a mojar mucho.

—Seguro que sí —dijo mamá confiada—. Solo será un pequeño chaparrón.

Pero tuvimos que tomarnos las nubes debajo del refugio mágico y después,

cuando nos fuimos a la cama, la lluvia
todavía seguía repiqueteando en el tejado
de nuestra casa.

Capítulo DOS

Cuando me desperté por la mañana, el cielo estaba todavía más oscuro que la noche anterior.

—¡Oh, vaya! —le dije a Pinky mientras saltaba de la cama—. ¡Creo que hoy vamos a necesitar chubasquero!

Pinky se estremeció, preocupado. No le gusta nada mojarse porque es un peluche y tiene dentro relleno. Abrí la puerta de mi armario y saqué su pequeño poncho de plástico para la lluvia.

—Ya verás qué bien estarás con esto —le dije, poniéndoselo—. ¡No te vas a mojar nada! Y además, es muy elegante.

Pinky estaba encantado. Se puso a dar saltos delante del espejo, posando y pavoneándose, mientras yo me ponía mi ropa. Después bajamos las escaleras para ir a la cocina.

Papá ya estaba allí, tomándose su zumo rojo. Tenía el pelo perfectamente peinado, a la moda vampírica, y llevaba puesta su mejor capa negra impermeable.

—Ya te dije que estaría preparado.

Bostezó, poniéndose apresuradamente las gafas de sol para ocultar sus ojeras.

—¡Muy bien, papá! —dije mientras me sentaba a la mesa y cogía una tostada.

—Pero el tiempo… no sé yo… —continuó él, mirando con inquietud por la ventana—. ¡Está diluviando! No me gusta nada que la lluvia me despeine.

Contemplé las nubes negras que
había fuera y los ríos de gotas que caían
por el cristal de la ventana.

—Tendremos que llevar paraguas
—dije.

—Ah, sí —asintió papá, animándose
de pronto—. ¡Puedo usar el nuevo negro
que tengo, elegante y puntiagudo!

—¡Y yo puedo llevar el mío con orejas
de murciélago! —dije con entusiasmo.

Después de desayunar fuimos al
recibidor y nos pusimos las botas de agua.
Papá cogió su paraguas y yo me puse
mi poncho rosa de plástico con capucha.

—¡Nos vamos ya! —dijo papá mientras
le daba a mamá un beso en la mejilla.

—¡Adiós, mamá! —dije yo—. ¡Adiós,
Flor de Miel!

Salimos de casa.

—¡Así la lluvia no puede tocarme!
—dijo papá con alegría, haciendo girar el
enorme paraguas negro sobre su cabeza—.
¡Vamos totalmente a la moda!

Pinky asintió, saltando en los charcos
a mi lado con sus botas de goma.

Al llegar al colegio, vi a la señorita Guinda de pie en la acera junto a un gran autocar. Llevaba una carpeta en una mano y en la otra, un paraguas.

—¡Ah, señor Moon! —dijo cuando papá y yo nos acercamos a ella—. ¡Ya está usted aquí! ¡Fantástico! —se metió la carpeta bajo el brazo y hurgó en su bolso durante un momento—. ¡Aquí está! —exclamó, sacando un chaleco fluorescente rosa—. Tiene que ponerse esto. Es por motivos de seguridad y salud.

Papá tomó el chaleco con alegría.

—¡Ay, qué bien! Tenía ganas de volver
a ponérmelo. Es muy glamuroso, ¿no le
parece?

—Pues… —dijo la señorita
Guinda—. Si usted lo cree, señor Moon…

—¡Por supuesto que lo creo! —dijo papá—. Yo no sé cómo puedo tener a veces tantísimo estilo. Debería ser más cuidadoso para que no me cojan en una agencia de modelos.

La señorita Guinda tosió con nerviosismo.

—Ya puede subir al autocar —fue lo único que dijo.

Papá bajó el paraguas, provocando una lluvia de gotitas, y entró en el autocar. Yo le seguí y Pinky subió de un salto detrás de mí.

—¡Isadora! —gritó Zoe desde el asiento de atrás—. ¡Ven a sentarte a mi lado!

Caminé hasta el final del autocar y me senté junto a Zoe. Llevaba un chubasquero con ojos de rana en la capucha.

—¿Estás preocupada? —me preguntó mientras me ponía cómoda y sentaba a Pinky en mi regazo.

—¿Preocupada? ¿Preocupada por qué?

—¡Por el fantasma! —respondió
Samantha, asomando por detrás de
un asiento que teníamos delante
y mirándonos con enormes ojos
asustados—. Ya sabes… ¡el del castillo!

—Ah, ese… —dije—. Yo no creo
que…

—Va a ser TERRORÍFICO —anunció
Bruno con seguridad, unas cuantas filas
por delante—. Menos mal que me
he acordado de traer mi espray
antifantasmas.

Levantó un frasquito rosa brillante,
que recordaba sospechosamente a un
perfume, y pulverizó en el aire una nube de
algo empalagosísimo.

Oliver arrugó la nariz.

—Eso huele a perfume —dijo—. Es
el mismo frasco que usa mi madre.

—No es perfume —repuso Bruno—.
Es un espray antifantasmas. Mira, deja que
te eche un poco.

—¡No! —gritó Oliver—. ¡Huele a rosas!

—Yo sí quiero —dijo Samantha—.
¡Échame un poquito!

Bruno se asomó por encima de su
asiento y roció entera a Samantha con
su espray antifantasmas. Y después a
Sashi. Y luego a Zoe.

—¿Quieres un poco, Isadora? —me
preguntó.

—Sí, por favor —respondí. No creía que el espray antifantasmas de Bruno funcionara de verdad, pero me apetecía oler a rosas como mis amigas.

Justo entonces, la señorita Guinda se montó en el autocar con los alumnos que faltaban detrás de ella.

—¡Por fin! —exclamó—. ¡Ya estamos todos! Bruno, siéntate, por favor. ¡A ponerse los cinturones! ¡Vámonos!

CLIC-CLAC, CLIC-CLAC... sonaba mientras hacíamos lo que la profesora nos había pedido, y después el autocar se puso en marcha ruidosamente. La señorita Guinda se sentó al lado de papá y olisqueó el aire.

—Aquí huele a rosas —comentó, volviéndose hacia el conductor—. ¡Qué ambientador más agradable!

El autocar se alejó del colegio y yo contemplé por la ventanilla la carretera brillante que teníamos debajo. Parecía que estaba muy lejos.

—No sabía que los autocares fueran tan altos —le dije a Zoe.

Pero Zoe no me escuchaba. Estaba ocupada hablando del fantasma con Samantha y con Sashi.

—Tenemos que ir todos muy juntos —decía Sashi—. Así, si nos ataca, estaremos más seguros.

—Buena idea —dijo Zoe.

Samantha asintió, con la cara blanca como una pared.

—Ay, ay, ay… —se quejó con voz aguda.

Capítulo
TRES

Cuando llegamos al castillo, mis amigos se habían puesto ya tan nerviosos hablando del fantasma que ninguno quería bajar del autocar.

—¡Venga! —dijo la señorita Guinda, impaciente—. Pero ¿qué os pasa a todos? No hay NINGÚN fantasma en el castillo.

Papá asomó la cabeza por detrás de su asiento.

—Ohhh… Qué pena —dijo—. Con lo que me gusta un buen castillo encantado…

Al final, después de mucho insistir por parte de la señorita Guinda, todos nos bajamos. Incluso Samantha. Nos quedamos a un lado de la carretera mientras el autocar se alejaba y contemplamos el castillo museo que teníamos delante. Sus gigantescas torres negras y torreones se alzaban amenazadores contra el cielo gris, donde estallaban los rayos y los truenos.

—Pues sí que parece encantado —dijo Bruno.

—¡Tienes razón! —exclamó papá con alegría—. ¡A lo mejor lo está, después de todo!

La señorita Guinda frunció el ceño.

—Ese comentario no resulta de ayuda, señor Moon —susurró—. ¡El castillo NO está nada encantado! Bueno, ahora seguidme todos.

Fuimos en una fila detrás de la señorita Guinda hasta las pesadas puertas negras del castillo. Nada más cruzarlas había una taquilla con un hombre dentro.

—¡Ah! —exclamó al vernos—. Vosotros debéis de ser el colegio que esperábamos hoy.

—Sí, lo somos —respondió nuestra profesora—. Hemos venido a hacer una visita educativa.

—Excelente —dijo el hombre. Le pasó a la señorita Guinda un folleto con un mapa del castillo y señaló la entrada de la primera sala.

—Que os lo paséis bien —dijo.

—No quiero entrar… —susurró Sashi mientras la señorita Guinda nos

apuraba a pasar delante de la taquilla
y entrar en la primera sala.

—Yo tampoco —dijo Samantha
estremeciéndose—. Este castillo
da escalofríos.

—Da escalofríos porque está cayendo
una tormenta —dijo la señorita Guinda a
la vez que retumbaba un trueno sobre
nuestras cabezas y un relámpago iluminaba
la habitación. La clase entera soltó un grito.
Todos menos papá, la profesora y yo. A mí
no me molestan los rayos y los truenos.
Al fin y al cabo, soy medio vampiro.

—Silencio, todos —dijo nuestra
profesora, empezando a estar harta—.
Los rayos y los truenos no os pueden

hacer daño. ¡Ahora mirad esta sala histórica tan bonita!

Todos echamos un vistazo a nuestro alrededor. Era una habitación preciosa. El cielo era negro como la noche, con estrellas de plata pintadas, y en medio de la sala había dos tronos decorados con joyas. La señorita Guinda consultó el mapa.

—Este es el salón del trono —nos dijo—. Un rey y una reina de hace mucho tiempo solían sentarse aquí. ¡Y mirad allí todas esas coronas!

La señorita Guinda nos llevó hacia
una gran vitrina de cristal, llena de
coronas relucientes. Las había altas, bajas,
puntiagudas…, y todas estaban cubiertas
de diamantes.

—¡Guau! —exclamó papá con
admiración—. Qué refinadas, ¿verdad?

—¡Quiero probarme una! —gritó Zoe.

—No puedes probarte estas —dijo la señorita Guinda—, son demasiado valiosas. Pero mira, hay un baúl lleno de disfraces justo allí. ¡Podéis probaros los trajes que los reyes y las reinas hubieran podido llevar antiguamente!

—¡Yo quiero ser la reina! —exclamó Zoe mientras se abalanzaba sobre el baúl de los disfraces y rebuscaba en su interior—. ¡Oh! ¡Mirad qué corona más bonita!

—¡Yo seré el rey! —dijo Oliver, sacando una larga capa roja ribeteada de piel con manchas blancas y negras.

—¡Yo quiero ser algo! —dijo Bruno—. Pero solo había dos disfraces en el baúl.

—Tendría que haber disfraces en todas las salas —explicó la señorita Guinda—. Todos podréis disfrazaros. Cuando hayamos recorrido el castillo entero, cada uno de vosotros llevará puesto un traje medieval. ¡Nuestro reto es encontrar todos los disfraces del castillo!

—¡Ohhh! —exclamó papá—. ¡Qué emocionante!

—Me temo que usted no puede —repuso la señorita Guinda—. Los disfraces son de talla infantil.

—Ah —dijo papá, decepcionado—.
¡Qué se le va a hacer…! ¡Por lo menos
tengo mi chaleco fluorescente!

Empezamos a andar hacia la siguiente
sala. Mis amigos parecían haberse
olvidado del fantasma por el momento.
Estaban entretenidos charlando sobre los
tipos de disfraces que podríamos encontrar
en las diferentes habitaciones.

Zoe caminaba orgullosa a mi lado,
con su vestido real lleno de joyas y su
resplandeciente corona.

—¡Ojalá pudiera llevar este vestido
todos los días! —dijo.

La señorita Guinda nos sacó del salón
del trono y nos llevó por un largo y siniestro

pasillo alumbrado por la luz parpadeante de las velas que cubrían las paredes.

—Este es el tipo de sitio que me gusta —dijo papá mientras un trueno volvía a retumbar sobre nosotros.

—¡Ay! ¿Qué es eso? —chilló Samantha.

Un relámpago había iluminado el pasillo entero durante un segundo, descubriendo una figura alta, de metal, de pie contra la pared.

—Es una armadura —dijo la señorita Guinda—. Los caballeros las llevaban cuando iban a la batalla.

—¡Qué guay! —exclamó

Bruno—. A lo mejor hay un traje de caballero por alguna parte.

Salió corriendo hacia el baúl con disfraces que había al final del pasillo y alzó la tapa.

—¡Dos armaduras! —gritó levantando dos disfraces plateados, que tintineaban al chocar—. ¿Quién quiere ser un caballero conmigo?

—¡Yo! —respondió Jasper.

—¡Yo! —gritó Sashi.

—Tú no puedes ser un caballero… Eres una niña, Sashi —dijo Bruno.

—¡SÍ PUEDO! —replicó Sashi, arrebatándole el disfraz antes de que Jasper pudiera cogerlo y poniéndoselo rápidamente—. ¡Las niñas también pueden ser caballeros!

—¡Maravilloso! —dijo papá asombrado—. Bruno y Sashi están muy elegantes, ¿verdad? Con todo ese metal reluciente... A lo mejor debería tener una capa de vampiro de metal.

Al final del pasillo había unas escaleras.

—Estas llevan abajo, al calabozo —explicó la señorita Guinda, mirando su mapa—. Ahí es donde metían a los prisioneros.

—¡Oh, no! —gimió Samantha, mordiéndose las uñas con nerviosismo—. Es el sitio perfecto para que se esconda un fantasma.

—¡Fantástico! —exclamó papá—. Yo iré primero, ¿puedo? —empezó a bajar los escalones y Pinky, la señorita Guinda y yo le seguimos. El resto de la clase iba detrás a regañadientes.

—No olvidéis —oí que decía Bruno— que estaréis más seguros con el espray antifantasmas.

El calabozo era oscuro, frío y sin ventanas. Las velas temblaban en las paredes a nuestro alrededor, creando formas amenazadoras con su débil luz.

Hasta yo sentí un pequeño escalofrío
y apreté con fuerza la pata de Pinky.

—Este es el ambiente que siempre
intento crear en mi baño. Me encantan los
baños a la luz de las velas —comentó papá,
echando un vistazo a su alrededor con
curiosidad.

—Hum… —dijo la señorita
Guinda—. Demasiado ambiente, me parece
a mí. ¿Volvemos ya al piso de arriba? Falta
mucho por ver todavía. En alguna parte hay
un torreón al que se sube por una escalera
de caracol de cien peldaños.

—¡Ohhh! —exclamó Jasper—. ¡Me
encantaría llegar hasta allí!

—¡Y a mí! —dijo Bruno.

La clase empezó a subir las escaleras, pero papá y yo nos quedamos atrás.

—¿Qué hay ahí dentro? —preguntó, señalando una puerta en la que ninguno nos habíamos fijado—. ¿La abrimos?

—Pues… —titubeé, mientras el último de mis compañeros desaparecía escaleras arriba.

—Venga —dijo papá—. Podemos reunirnos con ellos más tarde. ¡Vamos a echar un vistazo rápido!

Capítulo
CUATRO

Papá cruzó apresuradamente el calabozo y abrió la puertecilla. Al hacerlo, se levantó una nube de polvo y unas cuantas arañas se escabulleron por el suelo. Pinky dio un salto, asustado. Odia las arañas.

—Yo creo que ahí dentro no hay nada —dije mientras nos asomábamos al

espacio oscuro que había
detrás de la puerta—. No
parece más que un armario.

—Hum… —murmuró
papá, examinándolo más de cerca y
apartando las telarañas—. Pero ¿qué es
eso? —señaló un rincón donde había
acurrucado algo borroso, de
color plata.

—¡Oh! —exclamé, contemplándolo asombrada—. ¿Es...? ¿Es...?

—¡Un fantasma! —gritó papá—. ¡Sí! ¡Creo que sí!

Sentí pequeños escalofríos que me recorrían la espalda de arriba abajo. Nunca antes había visto un fantasma, a pesar de que papá siempre está hablando de ellos.

De pronto, me dio un poco de miedo.

—Vuelve a cerrar la puerta, papá —dije—. Creo que no deberíamos molestarlo.

—¡Tonterías! —dijo él mientras el fantasma se enderezaba en el rincón del armario—. ¡Mira! ¡Es un fantasma bueno!

Pero a mí no me parecía que el
fantasma fuera muy bueno... Levantó en el
aire los brazos pálidos a la vez que brillantes
y abrió la boca formando una gran «U».

—¡UUUuuuhhh! —gimió.

Yo me tapé los ojos con las manos.

—Está jugando —se rio papá—. ¡Yo
también sé hacerlo! ¡UUUuuuhhh!

Miré entre mis dedos y vi que el
fantasma estaba bastante sorprendido.

—¡¡¡¡¡UUUUUuuuuuUUUUUHHH-
HH!!!!! —volvió a gemir, pero esta vez
mucho más fuerte.

—¡¡¡¡¡UUUUUuuuuuUUUUUHHH-
HH!!!!! —le imitó papá.

El fantasma parecía un poco enfadado.
Cruzó sus brazos plateados y puso cara de
pocos amigos.

—¡Tendríais que salir
huyendo cuando hago eso!
—dijo—. Es lo que pasa
siempre.

—Pero ¿por qué?
—preguntó papá—.

64

¡Pensaba que podríamos charlar agradablemente!

—¿Charlar? —repitió el fantasma—. ¡Llevo años sin hacer eso! Doscientos, para ser exacto.

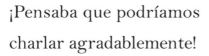

Papá parecía horrorizado.

—¡Doscientos años! —exclamó—. ¿Quieres decir que no has hablado con nadie EN DOSCIENTOS AÑOS?

El fantasma agachó la cabeza con pena.

—Te habrás sentido muy solo —continuó papá.

—Muy solo, sí —asintió el fantasma con un pequeño sollozo—. Al principio

intentaba hablar con las personas, pero
todos echaban a correr dando gritos, así
que al final me di por vencido. Ahora ya
solo intento asustarlos, a propósito. Es
mucho más fácil, porque es lo
que la gente espera de un
fantasma.

Papá asintió.

—Sin embargo
—continuó el
fantasma—, la mayoría del
tiempo me encierro en el armario.
En realidad, no me gusta asustar a las
personas, y a veces me tiran cosas.

—Vaya… —dijo papá, consolándolo—.
Qué mal lo has tenido que pasar.

—Pues sí —dijo el fantasma—. Me gustaría que la gente pudiera ver quién soy por dentro, y no qué soy por fuera.

—Estoy de acuerdo —dijo papá, acariciándose la barbilla pensativo—. Seguro que no sería difícil hacer que la gente vea que eres un fantasma bueno. ¿Por qué no vienes con nosotros? Estamos de excursión con el colegio y podemos presentarte al resto de la clase. Estoy seguro de que nadie se asustará de ti después de que les expliquemos cómo eres. ¿Cómo te llamas?

—Óscar —respondió el fantasma, tendiendo su mano fría y plateada para dárnosla a papá y a mí—. Cuando le di la

mano, sentí que no tocaba nada sólido.
¡Era como darle la mano a una nube!

—Vamos, Óscar —dijo papá—. Ven
con nosotros. ¡Te presentaremos a todos!

Óscar parecía un poco
indeciso, pero salió flotando
del armario y nos siguió a papá

y a mí por el calabozo. Cuando nos acercamos a los escalones de piedra, me fijé en que había un baúl con disfraces pegado a la pared, en la penumbra.

—¡Esperad! —dije, corriendo hacia él—. ¡A ver qué disfraces hay en esta sala! —abrí el baúl y saqué un mono de rayas blancas y negras—. ¡Un disfraz de prisionero! —exclamé.

—¡Oh, qué bonito! —dijo papá—. Me encantan las rayas blancas y negras. Deberías ponértelo, Isadora. ¡Te quedaría muy bien!

Enseguida me puse el mono encima de la ropa. Atada a uno de los tobillos llevaba una cadena con una bola de papel maché, que iba arrastrando por el suelo al caminar.

Óscar se estremeció.

—Recuerdo la época en la que aquí había prisioneros de verdad —dijo.

Los tres subimos las escaleras del calabozo y volvimos al pasillo de la planta de arriba. Mientras caminábamos, empecé a preocuparme.

—Papá —le dije, tirándole de la manga—, creo que los niños de la clase podrían asustarse de Óscar si aparecemos con él así. A lo mejor deberíamos presentárselo de otra forma.

Óscar se puso un poco triste al oírme, pero yo no quería que se ofendiera

cuando todos mis amigos se pusiesen a
gritar.

—No digas tonterías —repuso
papá—. ¿Quién podría tener miedo de
Óscar? ¡Es un fantasma muy simpático!
¡Mira qué sonrisa tiene! Se lo
presentaremos a la clase tal cual y les
explicaremos que es nuestro amigo.

—Pero… —protesté.

—No pasará nada, Isadora —insistió papá—. No te preocupes.

Óscar parecía más tranquilo. ¡Hasta había comenzado a sonreír! Pero su sonrisa no duró mucho. Al dar la vuelta a la esquina vi a la señorita Guinda y a mis compañeros formando un corro. La señorita Guinda estaba marcando sus nombres en una lista, con cara de desconcierto.

—Estoy segura de que nos faltan dos personas y un conejo rosa… —decía.

Entonces levantó la vista y nos vio. Todos mis amigos levantaron la vista y nos vieron. Y GRITARON.

Todos y cada uno de ellos.

Hasta la señorita Guinda.

—¡¡¡¡¡AAARRRGGGH-HH!!!!! —gritó ella, tirando su carpeta y poniéndose tan blanca como un fantasma.

—¡¡¡¡AAAAAYYYYY!!!! —chilló Samantha, antes de caer al suelo desmayada de terror.

—¡¡¡SOCORROOO!!! —vociferó Oliver, tapándose la cara con las manos.

—¡¡¡¡ES EL FANTASMA!!!! —exclamó Jasper.

Óscar, que había ido flotando por el pasillo delante de nosotros, retrocedió de un

74

salto, asustado. Su sonrisa desapareció
inmediatamente.

    —¡Esperad! —dijo papá, levantando
las manos—. ¡Escuchadme!
¡Este fantasma es bueno!

    Pero nadie le oyó.
Todos se dieron la vuelta
y echaron a correr.

Capítulo CINCO

—¡Qué desastre! —suspiró papá.

—Te lo dije —comenté.

Óscar soltó un pequeño sollozo
y volvió a encaminarse al calabozo
subterráneo, deslizándose por el
aire.

—¡Eh! —lo llamé—. ¡Óscar! ¡Ven!

Pero Óscar no se volvió. Fue
flotando por todo el corredor hasta llegar
al calabozo.

—¡Qué pena! —dijo papá cuando
nos quedamos solos en el pasillo, ahora
vacío—. ¡Pobre Óscar!

—¡Te lo dije! —le repetí.

—Sí, lo hiciste —suspiró papá—.
Tenías razón, Isadora. Debemos buscar
otra forma de que tu clase conozca al
fantasma.

Volvimos a recorrer el pasillo hasta
llegar al calabozo.

—¡Óscar! —grité mientras bajábamos
a toda prisa los escalones de piedra—.
¿Dónde estás?

—¿Has vuelto a entrar aquí?
—preguntó papá abriendo la puerta
del armario.

Echamos un vistazo en la oscuridad.

Ahí estaba el fantasmita plateado, temblando en el rincón donde lo vimos por primera vez.

—¡Óscar! —dije—. ¡Sal! ¡No tengas miedo!

—Sí lo tengo —sollozó Óscar—. Me asusta no volver a tener amigos nunca más.

—¡Los tendrás! —insistí—. Solo tenemos que buscar una buena manera para que te conozcan.

—Además, ¡ya tienes dos amigos! —añadió papá—. Isadora y yo.

Óscar suspiró.

—Es verdad —asintió, animándose un poco—. Se desenroscó y salió flotando del armario.

—Muy bien —dijo papá—. Debemos pensar en algo rápidamente. ¡Antes de que acabe la excursión!

—¡Sí! —grité, de acuerdo con él—. Hay que encontrar una manera de que Óscar pueda unirse al grupo sin que nadie se dé cuenta de que es un fantasma.

—Hum… —murmuró papá.

Pinky empezó a menear las orejas y a tirar de mi disfraz de prisionero. Bajé la mirada hacia mis piernas de rayas, y hacia la bola y la cadena atada a mi tobillo.

—Me pregunto… —comencé a decir—. Me pregunto si hay algún disfraz en el castillo que Óscar pueda llevar. Si encontráramos uno con capucha, le taparía la cara y nadie se daría cuenta de que es un fantasma.

—¡Qué buena idea! —dijo papá.

Óscar empezó a dar saltos en el aire, entusiasmado.

—¡Yo sé dónde están todos los disfraces del castillo! —dijo—. Al fin y al cabo, ¡llevo viviendo aquí doscientos años! Sé que hay un disfraz de monje con capucha en la capilla, pero… ¡Mejor aún!

Hay otro disfraz de caballero en la sala donde están las espadas y los escudos. ¡Tiene un yelmo de metal!

—¡Perfecto! —dijo papá—. Debemos llegar allí enseguida, por si deciden pasar por esa sala antes que nosotros. ¡Vamos!

Óscar, Pinky y yo fuimos detrás de papá, que salió zumbando del calabozo por las escaleras.

—¡Os enseñaré el camino! —dijo
Óscar, adelantándose a toda velocidad.
Fuimos volando por el pasillo, volvimos
a pasar por el salón del trono y
subimos una gigantesca
escalera hasta el
primer piso.

Veloces como rayos, recorrimos un pasillo lleno de curvas y pasamos por delante de montones de cuadros hasta llegar a una sala con cientos de espadas y escudos brillantes clavados en las paredes.

Vi el baúl con los disfraces en un rincón de la habitación y fui corriendo a abrirlo.

—¡Aquí está! —exclamé sin aliento a la vez que levantaba un conjunto de caballero distinto a los que Bruno había

encontrado antes. Este tenía un yelmo decorado con grandes plumas.

—¡Guau! —dijo papá—. ¡Qué estiloso!

Óscar se metió flotando en el disfraz y yo le puse el yelmo en la cabeza.

—Recuerda que tienes que quedarte en el suelo —le dije—. ¡No salgas volando!

—Sí —asintió papá—, ¡eso lo echaría todo a perder!

Óscar bajó al suelo.

—Tenemos que encontrar a los demás —dije—. Me pregunto dónde estarán…

Después de buscar por el castillo durante quince minutos, encontramos por fin a la señorita Guinda y al resto de la clase en la entrada.

—¡Le digo que era un fantasma de verdad! —le estaba diciendo la señorita Guinda al señor de la taquilla—. ¡Nos persiguió por el pasillo!

—¡Quería atacarnos! —añadió Jasper.

—Ya veo… —respondió el señor como si le hiciera gracia.

Entonces, la señorita Guinda se volvió y nos vio a papá y a mí. El miedo volvió a reflejarse en su cara.

—No se preocupe —dijo papá—, no hay ningún fantasma. Mire. Se ha ido.

La señorita Guinda se llevó la mano al corazón.

—¡Menos mal! —dijo—. Pero ¿quién es ese niño que va disfrazado de caballero?

—¡Ah! Es Óscar —respondió papá—. Estaba perdido e intentaba encontrar… ejem… el comedor. Así que le dije que podía venir con nosotros.

La señorita Guinda miró su reloj.

—Ay, sí, el comedor… —dijo—. Creo que puede ser una buena idea ir a comer ahora. ¡Seguidme, todos!

Así que fuimos detrás de la señorita
Guinda hasta el comedor, y nos sentamos
en unas mesas largas de madera.

—¡No he visto nada tan terrorífico en
mi vida! —dijo Zoe, sentándose a mi lado
y abriendo su tupper.

—Yo tampoco —coincidió Oliver—.
¡No puedo creer que hayamos visto un
fantasma de verdad!

Óscar, también sentado a mi lado, no
dijo nada. Deseé que nadie se diera cuenta
de que no había traído ningún tupper. Le
pasé un sándwich por debajo de la mesa.

—¡No puedo comérmelo! —susurró—.
¡Los fantasmas no comen!

—¡Ay! —dije—. ¡Claro! Pero bueno, a lo mejor puedes hacer como si comieras, igualmente.

Óscar cogió el sándwich y se lo puso delante en la mesa.

—¿Y tú de dónde eres, Óscar? —preguntó Zoe.

—Pues… —empezó a responder.

—Sí… ¿y de qué sala sacaste ese disfraz de caballero? —preguntó Bruno—. ¡Es mucho mejor que el mío!

—Muchísimo mejor —dijo Sashi con pesar—. ¡Tiene un yelmo como es debido!

—¡Yo todavía no he conseguido ningún disfraz! —se quejó Samantha—. ¡Quiero ser una princesa!

—¡Pues yo sé dónde está el vestido de princesa! —dijo Óscar—. Está en el dormitorio real.

—¿En serio? —preguntó Samantha ilusionada—. ¿Cómo lo sabes? ¡Tú debes de conocer ya el castillo!

—La verdad es que sí —dijo Óscar con sinceridad.

—¡Ohhh! —exclamó Jasper—. ¿Y qué otros disfraces podemos encontrar?

Óscar comenzó a enumerar los diferentes disfraces que había escondidos por el castillo.

—¡Yo quiero el de arquero! —gritó Jasper—. ¡Para ser como Robin Hood!

—Silencio, por favor, Jasper —le dijo la señorita Guinda desde la mesa de al lado—. Iremos a la sala de tiro después de comer.

—¿La sala de tiro? —preguntó
Samantha—. ¿Qué es eso?

—Es el lugar donde guardan los
arcos y las flechas —explicó Óscar—,
y además te permiten que los pruebes,
en una zona especial. Es muy divertido.

—¡Ohh! —dijo Jasper—. ¡Qué ganas
tengo!

Yo comí todo el rato en silencio.
Me hacía muy feliz ver a Óscar tan
contento. Se lo estaba pasando
fenomenal con mis amigos, hablándoles
del castillo. Todos parecían muy
impresionados.

—Sabes un montón de cosas, Óscar —le dijo Sashi cuando terminamos de comer y nos levantamos de la mesa—. ¡Seguro que eres muy listo!

—Bueno… —dijo Óscar, halagado y avergonzado a la vez—. ¡La verdad es que tengo mucho tiempo…!

Capítulo SEIS

Después de comer, todos seguimos a la señorita Guinda a la sala de tiro, incluido Óscar. Jasper echó una carrera hasta el baúl de los disfraces y sacó el conjunto de arquero.

—¡Ya soy como Robin Hood! —gritó, poniéndoselo encima de la ropa.

Después llegó el momento de la clase de tiro con arco. Una señora entró y nos enseñó a usar el arco y las flechas. Teníamos que lanzarlas a través de la habitación, intentando dar en el centro de una diana que había al otro lado.

—Es dificilísimo —dijo Sashi cuando su flecha salió disparada para arriba, hacia el alto techo.

—¡Y que lo digas! —exclamó Jasper, de acuerdo con ella—. ¡Es dificilísimo hasta con el disfraz de arquero puesto!

Óscar fue el último en hacerlo.

—¡Guau! —exclamaron todos cuando su flecha dio en el blanco—. ¡Increíble!

—¡Bien hecho! —dijo la señora, verdaderamente impresionada—. ¡A ver si puedes repetirlo! —le pasó otra flecha y Óscar volvió a dar en pleno centro por segunda vez.

—¡Doblemente increíble! —exclamó la señora—. ¡Tienes muchísimo talento!

—¡Halaaaa! —gritó la clase.

Jasper tenía los ojos tan abiertos que casi se le salían de las órbitas.

—¡Eres impresionante, Óscar! —le dijo.

El fantasma arrastró los pies con timidez, pero yo me di cuenta de que estaba contento de verdad.

—Te puedo enseñar a hacerlo algún día, si quieres —le ofreció.

Jasper asintió con la cabeza, entusiasmado.

—¡Sí, por favor! —le dijo.

Después de la sala de tiro fuimos al piso de arriba y recorrimos algunas habitaciones, incluida la que estaba llena de espadas y escudos, y el alto torreón al que se llegaba subiendo cien peldaños. Samantha encontró el traje de princesa en el dormitorio real.

—¡Hemos llegado a la última sala! —anunció la señorita Guinda cuando volvimos a la planta baja—. Es la capilla. Creo que ahí queda un último disfraz. ¿Quién no tiene todavía?

—¡Yo! —exclamó Dominic—. ¡Quiero ser un caballero o un arquero!

—Vaya —dijo la señorita Guinda—. Me parece que lo más probable es que seas un monje.

La capilla era una habitación muy bonita con altos techos abovedados y muchas esculturas recubiertas de una fina capa plateada llamada «pan de plata». Unida a la capilla había otra sala elegante con un instrumento enorme que parecía muy complicado.

—¡Caramba! —exclamó papá—. ¡Un órgano! ¡Cuánto me gustaría saber tocar el órgano…! Es algo muy gótico y vampiresco, ¿no os parece? Se sentó en la banqueta y empezó a pulsar las notas. Sonó una melodía desentonada, que hizo que todos se taparan los oídos con los dedos.

—¡Papá! —le regañé—. ¡Creo que no deberías tocarlo!

—No pasa nada —dijo un señor que había cerca—. Animamos a la gente para que toque los instrumentos. De hecho —dijo, señalando la mesa que tenía a su lado—, justo aquí hay un montón de instrumentos medievales ¡para que los prueben los niños! —cogió uno de ellos y se lo pasó a Oliver.

—Esto es un laúd —le dijo—. Pruébalo.

Oliver empezó a tañer el laúd
mientras el hombre iba pasando el resto
de instrumentos a la clase. Había un
caramillo, una flauta travesera, una
pandereta, un arpa, una flauta dulce y
muchos otros más.

—¡Ya sé tocar la flauta dulce! —dijo
Zoe.

—¡Yo quiero tocar la pandereta! —dijo Sashi.

—¿Puedo tocar el arpa? —preguntó Samantha tímidamente.

Enseguida todos los niños de la clase tuvieron un instrumento en las manos. Hubo un jaleo tremendo cuando Oliver se puso a rasguear su laúd; Sashi a golpear su pandereta; Samantha a puntear el arpa; Dominic hacía sonar su flauta travesera; Zoe, su flauta dulce; Bruno, la trompeta; Jasper aporreaba su tambor; yo soplaba el cuerno y Óscar tocaba el órgano.

—¡Esto es divertidísimo! —gritó Bruno—. ¡Es como si fuéramos una banda de música!

—¡Sí! —chilló Sashi—. ¡Deberíamos montar una banda y quedar para ensayar todas las semanas!

—¡Sería tan guay! —gritó Zoe—. Podríamos dar un concierto.

—Creo que deberíais ensayar un poco más, antes de eso… —gimió papá, tapándose los oídos.

Pero había una «persona» que no parecía necesitar ensayos. Por encima de todos los pitidos, chirridos y golpes… estaba la música del órgano. Sonaba maravillosamente. Una melodía inolvidable, llena de magia, se oía sobre todo aquel ruido mientras Óscar recorría arriba y abajo las teclas con sus dedos plateados. Uno detrás de otro, todos mis amigos pararon de tocar sus instrumentos para escuchar el sonido angelical del órgano.

—¡Qué canción tan preciosa! —suspiró Samantha, dejando su arpa.

—¡Es increíble! —dijo Sashi.

—Está claro que necesitamos a Óscar en nuestra banda —añadió Bruno.

—¡Y tanto! —asintió Jasper.

La señorita Guinda, que había cerrado los ojos para escuchar la música, de pronto frunció el ceño y levantó la vista.

—¿Quién es Óscar? —preguntó.

Los dedos del fantasma dejaron de moverse por las teclas del órgano y fueron a descansar lentamente en su regazo. Óscar se quedó callado.

—Un momento… —dijo la señorita Guinda, contando todos los alumnos que había en la habitación—. ¡Este niño no es de la clase! —miró a papá con cara de sospecha—. ¿No dijo usted que lo iba a llevar al comedor?

—Eh… —respondió papá.

La señorita Guinda empezó a ponerse histérica.

—¡Tenemos que encontrar a sus padres! —gimió—. ¡Nos podrían acusar de secuestro!

—Nadie nos va a acusar de secuestro —dijo papá—. Óscar no tiene padres.

La profesora parecía desconcertada. Óscar agachó la cabeza con tristeza.

—Es verdad —asintió—. No tengo a nadie.

—¿Qué quieres decir? —preguntó la señorita Guinda sin comprender—. Todo el mundo tiene a alguien.

—Óscar no —dije yo acercándome a la banqueta del órgano donde estaba sentado y poniéndole la mano en el hombro. La señorita Guinda, papá y toda la clase se quedaron mirándonos.

—Óscar es especial —dije—. Es…

—¿Qué es? —preguntó Sashi.

—¡Dínoslo! —insistió Bruno.

—¿Es un secreto? —preguntó Zoe.

—Pues… sí. Algo así. Tenéis que prometer no gritar ni salir corriendo.

—¡Claro que no saldremos corriendo! —dijo Bruno riéndose—. ¡Óscar es genial!

—¡Sí! —confirmó Zoe—. ¡Nos encanta Óscar! ¿Qué podría darnos miedo de él?

—¡Exactamente! —dije—. ¡Nada de nada!

Con mucho cuidado, levanté el yelmo de la cabeza de Óscar y lo dejé en el suelo. Mis amigos y la señorita Guinda se quedaron boquiabiertos.

—¿Es…? ¿Es…? —tartamudearon.

—Es el fantasma que visteis antes
—les expliqué—. Pero él no da miedo,
es muy bueno, de verdad. Solo quiere tener
amigos.

Bruno tomó aire profundamente y dio
un paso adelante.

—Me encantaría ser tu amigo, Óscar
—dijo—. Siento haberme asustado de ti
antes.

—Yo también lo siento —dijo Zoe—.
Tendría que haberte conocido mejor antes
de echar a correr.

—Y yo —asintió Sashi.

Uno por uno, todos mis amigos se
acercaron a él para estrechar su mano

plateada. Óscar sonreía de oreja a oreja,
y me di cuenta de que estaba
verdaderamente feliz.

　　—Ha sido un placer conocerte, Óscar
—dijo la señorita Guinda, cuando le tocó
a ella darle la mano—. ¡Desde luego, ha
sido una experiencia que ninguno de

nosotros olvidaremos! —bajó la mirada hacia su reloj y chasqueó la lengua—. Oh, vaya —dijo—. Llegamos un poco tarde al autocar. Me temo que es hora de volver a casa. Será mejor que os quitéis los disfraces.

—¡Oh, no! —exclamó Zoe.

—No quiero volver todavía —dijo Bruno.

—¿Y qué pasará con Óscar? —preguntó Sashi—. ¡Lo necesitamos para nuestra banda de música!

Óscar se sentó en la banqueta del órgano y agachó la cabeza. Parecía muy triste otra vez.

—Ojalá pudiera estar en vuestra banda —dijo—. ¡Hoy ha sido el mejor día que he tenido en muchísimo tiempo! Espero que volváis a visitarme. Estoy muy solo en este castillo.

—Me lo imagino —dijo papá con pena.

Pensé en nuestra casa, maravillosa y acogedora, con mamá, Flor de Miel y Pinky. Miré a papá y supe que los dos estábamos pensando lo mismo.

—Ya sé —dijo—. ¿Por qué no vienes con nosotros? Puedes quedarte a vivir en nuestra casa de hadas y vampiros.

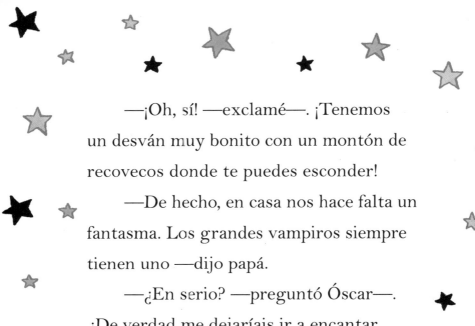

—¡Oh, sí! —exclamé—. ¡Tenemos un desván muy bonito con un montón de recovecos donde te puedes esconder!

—De hecho, en casa nos hace falta un fantasma. Los grandes vampiros siempre tienen uno —dijo papá.

—¿En serio? —preguntó Óscar—. ¿De verdad me dejaríais ir a encantar vuestra casa?

—¡Claro que sí! —respondió papá—. En nuestra familia, los fantasmas… ¡nos encantan!

En la cara de Óscar apareció la sonrisa más grande que he visto en mi vida, y la clase entera se puso a dar gritos de alegría.

—¡Sería fantástico! —exclamó—.
¡Me gustaría muchísimo! ¡Sería lo mejor
que me ha pasado en doscientos años!

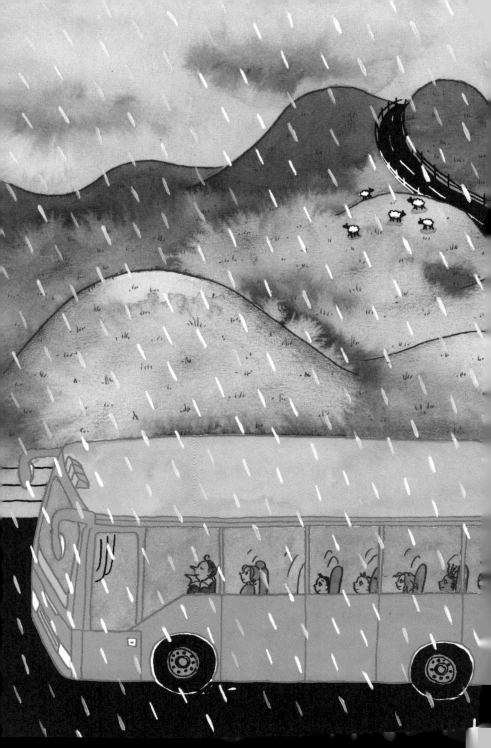

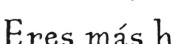

¿Eres más hada o más vampiro?

¡Haz el test para descubrirlo!

¿Cuál es tu color favorito?

A. Rosa   **B.** Negro   **C.** ¡Me gustan los dos!

¿Adónde preferirías ir?

A. A un colegio lleno de purpurina que enseñe magia, ballet y cómo hacer coronas de flores.

B. A un colegio escalofriante que enseñe a planear por el cielo, a adiestrar murciélagos y cómo tener el pelo lo más brillante posible.

C. A un colegio donde todo el mundo pueda ser totalmente diferente e interesante.

Si vas de acampada en vacaciones...

A. ¿Montarías tu tienda con un gesto de tu varita mágica y te marcharías a explorar?

B. ¿Abrirías tu cama plegable con dosel y evitarías la luz del sol?

C. ¿Irías a chapotear al mar y te lo pasarías genial?

Resultados

Mayoría de respuestas A:

¡Eres una brillante hada bailarina y te encanta la naturaleza!

Mayoría de respuestas B:

¡Eres un elegante vampiro con capa y te encanta la noche!

Mayoría de respuestas C:

Eres mitad hada, mitad vampiro y totalmente única, ¡igual que Isadora Moon!

Isadora Moon
va al colegio:

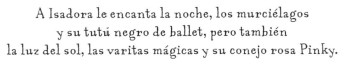

A Isadora le encanta la noche, los murciélagos
y su tutú negro de ballet, pero también
la luz del sol, las varitas mágicas y su conejo rosa Pinky.

Cuando llega el momento de empezar el colegio, Isadora
no sabe a cuál debe ir: ¿al de hadas o al de vampiros?

Isadora Moon
va de excursión:

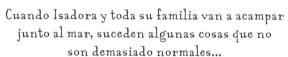

Cuando Isadora y toda su familia van a acampar
junto al mar, suceden algunas cosas que no
son demasiado normales...

Dormir en una tienda de campaña, encender una
hoguera, hacerse amiga de una sirena... ¡todo es
especial cuando está Isadora!

Isadora Moon
celebra su cumpleaños:

A Isadora le encanta ir a las fiestas
de cumpleaños de sus amigos humanos,
¡y ahora va a tener la suya!

Pero con mamá y papá organizándola, no va
a ser como las fiestas que ella conoce...

Isadora Moon
va al ballet:

A Isadora le gusta el ballet, especialmente
cuando se pone su tutú negro, y está
deseando ver una actuación de verdad
en el teatro con toda su clase.

Pero, cuando se abre el telón,
¿dónde está Pinky?

Isadora Moon
se mete en un lío:

Ha llegado el día de «Trae tu mascota al colegio»
e Isadora quiere llevar a Pinky, pero su prima
Mirabella tiene un plan mejor...

¿Por qué no llevar un dragón?
¿Qué podría salir mal?

Harriet Muncaster

Harriet Muncaster: ¡esa soy yo!
Soy la escritora e ilustradora de
Isadora Moon. ¡Sí, en serio!
Me encanta todo lo pequeñito,
todo lo que tenga estrellas
y cualquier cosa que brille.